A LENDA DO CORPO E DA CABEÇA

Paulo Damin

A lenda do corpo e da cabeça

Coleção Narrativas Porto-Alegrenses

coragem

Porto Alegre
2025

© Paulo Damin, 2025.
© Editora Coragem, 2025.

A reprodução e propagação sem fins comerciais do conteúdo desta publicação, parcial ou total, não somente é permitida como também é encorajada por nossos editores, desde que citadas as fontes.

www.editoracoragem.com.br
contato@editoracoragem.com.br
(51) 98014.2709

Projeto editorial: Thomás Daniel Vieira.
Coordenação geral da coleção: Luís Augusto Fischer.
Preparação de texto e revisão final: Nathália Boni Cadore.
Capas: Cintia Belloc.

Porto Alegre, Rio Grande do Sul.
Verão de 2025.

Dados Internacionais de Catalogação na Publicação (CIP)

D159l   Damin, Paulo
         A lenda do corpo e da cabeça / Paulo Damin. – Porto Alegre: Coragem, 2025.
         88 p. : il. – (Coleção Narrativas Porto-Alegrenses; v. 9)

         Publicada originalmente em formato de folhetim na Revista Parêntese
         ISBN: 978-65-85243-44-5

         1.Novela – Literatura brasileira. 2. Literatura brasileira. 3. Novela. 4. Literatura sul-riograndense. 5. Narrativas – Porto Alegre. I. Título. II. Série.
                                                          CDU: 869.0(81)-32

Bibliotecária responsável: Jacira Gil Bernardes – CRB 10/463

Esta novela foi publicada originalmente em formato de folhetim na Revista Parêntese. A coleção narrativas-portoalegrenses é uma parceria da Editora Coragem e o Grupo Matinal Jornalismo.

Como qualquer lenda, essa aqui tem elementos reais e nasceu da leitura e da escrita, do gosto de ouvir e contar causos, essa forma de literatura aventureira, humorística, insólita e, portanto, sem pretensão realista.

Esta é a versão revista e aumentada. O folhetim original tinha a metade do tamanho, tinha sido pensado pra ler no ônibus, em aparelhos eletrônicos. Agora, em livro, que é um meio de transporte mais confortável, dá pra ler com calma, indo e voltando dentro dele mesmo.

Dedico o livro pra Mônica, que conhece vários segredos do texto, e cumprimento os colegas que participam dessa generosa coleção organizada pela Parêntese, o Matinal Jornalismo e a Editora Coragem.

A LENDA DO CORPO E DA CABEÇA

1.
O BANDOLEIRO PACO

Na antiga casa do Ardelino, onde ficava o açude, botaram um marco. Ali um louco matou um homem. Cortou fora a cabeça com um machado. Tem uma cruz lá, alguém sempre leva flores. Depois que ele cortou fora a cabeça, jogou longe, porque tinha medo que ela voltasse a grudar novamente. Não tem nada a ver com o bandoleiro Paco.

Os Pandolfi contavam essa história. Aparece até num livro sobre o interior de Flores da Cunha. É uma anedota dos anos 1920 ou 30, quando a zona sul de Porto Alegre era praticamente uma colônia, tinha até Festa da Uva. A Vila Nova se chamava

Vila Nova d'Itália. Os agricultores subiam os morros carregando cestos de vime. Rico era quem tinha alguma mula. Mas o sonho de consumo era uma carroça, uma junta de bois, uma vaca leiteira e um porão pra pendurar queijo. Bem de vida, bem dizer, só os veranistas do centro, que iam de trenzinho pros balneários do Guaíba, vestindo chapéus e calçolões. A piazadinha da zona sul ficava de cara comprida olhando os turistas, torcendo pra que pingassem níqueis e balas de alcaçuz. De onde vocês acham que vem o nome Tristeza?

O causo da cabeça é bem característico das barbaridades líricas que aconteciam por ali. Líricas pelas flores, pelo gesto do Ardelino de colocar um marco no açude pra indicar o local onde apareceu um corpo sem cabeça. Quem levava as flores? Será que elas apareciam sozinhas? Tem também aí uma dimensão fantástica. Já pensou se a cabeça e o corpo se grudam novamente? É coerente. Se neste mundo há lugar pra que se cortem cabeças com um machado, por que não haveria espaço pra que uma cabeça volte a se grudar no pescoço que lhe pertence?

O porquê, no entanto, é o elemento menos relevante. Neste folhetim, vamos explorar outras sutilezas. E nos interessa menos o assassino do que o fato de que este não tinha nada a ver com o bandoleiro Paco.

***

É claro que, na freguesia inteira, ficaram achando que fosse obra dele.

Ninguém sabia direito de onde vinha o tal Paco. Talvez mexicano, magonista. Ou era um gringo de Bento Gonçalves? Provavelmente se chamava Francisco Sanchez, filho de espanhóis, nascido em 1889.

Não usava bigode.

Era um mestre da bisca e das tampinhas, esses jogos de tramposo. Um matreiro da turma do Martín Aquino, aquele uruguaio. Diz que o Paco pilhava galpões e armazéns, atrás de alimentos superfaturados. Daí distribuía o saque entre os mais pobres do Belém.

Quando queria mulher, ia e pegava, segundo os pais de família. Em todas as casas, era um "te comporta senão o bandoleiro Paco te leva embora".

Fazia versos para as próprias vítimas.

Parece que foi ximango, encarregado de aumentar o número de vivos, na hora de votar, e também o número de mortos, em caso de o voto não ter saído pro doutor Borges de Medeiros. O estilo dele era de quero-quero, ave de rapina mais astuta que urubu. Fazia um escarcéu aqui, mas no fundo o ninho dele tava lá do outro lado.

Em 1923, andava a cavalo com a espingarda escondida no pelego. Libertá, o nome do pingo. Daí uns deduziam que o bandido era italiano. Outros, que o cavalo era uma égua.

O bandoleiro conhecia as pegadas dos revolucionários que iam pra Serra. Não seguiu o grupo do Josué São Jorge no rumo de Arambaré porque não era de seguir ninguém. A não ser que fosse pra capar.

Depois enjoou de politicagem, doou o cavalo prum colono e passou a andar cada vez mais clandestino, pela sombra, coitada: essa sombra vivia irritada com seu companheiro.

O Paco se escondia na Cascata e na Maria Degolada. Se precisasse visitar alguém no hospital, se vestia de viúva. Só aparecia de cara aberta em dia de festa, botando banca com o jogo da tampinha. O primeiro cliente sempre ganhava, os demais nunca. Ele mudava com o dedo as tampinhas de lugar. E tinha mais de uma bolinha debaixo delas. Ou nenhuma.

O exército botou anúncio de vivo ou morto, com recompensa de 200 mil réis. Na foto que circulava, se via o larápio com cinco revólveres na cintura, outro na mão. Sobre os ombros, dois mosquetões. Um xis de cartucheiras cobrindo o peito.

Num domingo, entrou na missa encarando os homens um a um. Pensou que o Carlos Cattani fosse o velho Dino, que eram muito parecidos. Esse Dino era o colono que herdou o cavalo do Paco, mas em vez de usar pro trabalho matou o bicho pra fazer salame. O bandoleiro chamou o desafeto pra fora, tentou dar um tiro, mas a arma não funcionou. Só quando ele chegou lá embaixo, no negócio do Julio Dias, é que o revólver disparou. O padre tinha dado uma bênção pra que a arma do Paco não funcionasse.

Ele desafiava. Mandava dizer que vinha na freguesia tal dia, tal hora. A gente dele ficava espionando. Homem de fora no negócio do Julio Dias, pode apostar que era capanga do Paco.

Em noite de luazona, pescava no Guaíba. Espoliava os barcos desavisados.

Preferia agir no escuro. Assim era mais fácil esconder algumas coisas da própria sombra.

— Temos uma larga série de crimes no repertório — retrucou o bandoleiro, quando esta apareceu contando que o acusavam de nova decapitação — Mas serviço assim tão relaxado, isso não faz nosso estilo.

— Quero ver tu provar que focinho de porco não é tomada — provocou a sombra, sempre disposta a encontrar um modo de ferir seu companheiro.

O bandoleiro Paco não quis admitir ali na hora, mas ficou pensando: será que valia a pena tentar provar inocência?

2.
UM CORPO SEM CABEÇA

Quando acordou do susto, o corpo se ergueu rapidamente. Mas logo tombou de novo, pois ainda não sabia se equilibrar sem a cabeça.

Sem olhos, ele sentia dificuldades em decidir pra onde ir. E nem podia farejar os ventos, escutar os pássaros. Só lhe restava usar o tato, andando de quatro.

Foi ganhando metros devagarito na grama, parando a cada tanto pra tirar as rosetas que espetavam as palmas das mãos, puteando a sorte com o peito, já que não tinha boca, até que caiu no açude.

O Ardelino estava indo tratar as galinhas, eram umas seis da matina, e ouviu o barulho. Se aproximou com o mosquetão na mão, mas logo percebeu que se tratava apenas de um corpo sem cabeça. Ficou observando o magrão sair do açude, torcer as roupas encharcadas, gatinhar em círculos e cair de novo na água.

Chamou a filha Ideralda. Ficaram rindo juntos.

O corpo nadava até a borda, batia o cotoco do pescoço no barranco, voltava nadando na direção contrária. Saía da água, torcia a roupa molhada, gatinhava em círculos, caía de novo no açude.

Quando achou que tinha rido o suficiente pra satisfazer o pai, Ideralda adotou um semblante sério de cientista.

— Preciso desenhar isso — falou, com um frio na barriga.

Mas o homem não pareceu se ofender com essa declaração ousada da filha. Desde a morte da esposa, o Ardelino deixava a filha única fazer o que queria. Menos de noite e no fim de semana. E de dia, nas horas de trabalho. Desde que limpasse a casa, lavasse a roupa, preparasse as comidas, inclusive o pão e a chimia, a Ideralda tinha o resto do tempo livre, que ela empregava lendo, desenhando, fazendo cálculos. Tinha que aproveitar, antes que aparecesse um candidato a marido.

Aliás, ela tinha dezoito anos. Já deviam existir por ali alguns pretendentes. Será que tinham medo do Ardelino? Será que o consideravam um sogro insuportável demais? Ou será que era o próprio pai da moça que tratava de espantar os candidatos, torcendo pra que ela ficasse cuidando dele pra sempre?

Não é querer antecipar interpretações pra essa lenda, mas dizem, digamos, que não foi por acaso que a decapitação ocorreu justamente no açude do Ardelino. Parece que casos obscuros já tinham acontecido naquela zona: um terneiro de duas cabeças, principalmente.

O Ardelino cuidava desse boizinho que tu precisava ver: levava na feira, se exibia na missa dizendo que havia sido agraciado pelos céus com "uma junta de bois em um", até que o padre mandou parar com aquilo.

E agora o corpo sem cabeça.

Com o queixo, o pai fez Ideralda observar como o corpo conseguia finalmente ficar ereto e encontrava, cambaleando, o caminho pra longe da água, na direção do mato.

— Vai tombar lá nos Salomoni — comentou, com certa inveja ou admiração. Pelo jeito, até na hora de receber corpos sem cabeça o vizinho Salomoni era mais bem sucedido do que o Ardelino.

Então foi pegar duas varas pra fazer a cruz. E mandou a filha trazer umas flores.

Atrás do olhar obediente, Ideralda guardava o plano que botaria em prática na noite seguinte.

3.
UMA CABEÇA SEM CORPO

Quando a cabeça acordou, estava na beira duma água. Se endireitou, movendo-se com o queixo, as orelhas e a língua, e então perguntou:

— Quem é tu, água mole?

— Sou uma sanga anônima. E tu, cabeça dura?

Talvez com receio de parecer privilegiada, embora no momento não passasse de uma pobre cabeça perdida, ela preferiu não revelar seu próprio nome e disse com dramaticidade:

— Sem meu corpo, nem sei quem sou. A propósito, viu ele por aí?

— Hoje, por mim, não passou nenhum sem cabeça — disse a sanga.

Aí ficaram ali, a cabeça soprando os cabelos que lhe caíam sobre a testa, enquanto a sanga mascava uns capins da margem.

— Será que chove? — a água perguntou.

Meio que pra fugir do tédio, ou porque havia tantas chances de encontrar seu corpo ficando parada ali quanto se entregando à deriva, a cabeça pediu uma carona pra sanga.

— Estou com preguiça de ir rolando.

— Não precisa te justificar — respondeu a sanga — Eu tô acostumada a levar embora as bolas que a gurizada deixa rolar pelo potreiro. Algumas são mais pesadas do que tu, com todo o respeito.

A cabeça, de fato, estava se sentindo bastante leve sem o corpo. E assim foi descendo a correnteza lenta daquele fio d'água, tentando se adaptar à sua nova condição.

Encontraram o Arroio Capivara. A sanga anônima cumprimentou o vizinho e apresentou a caroneira.

— Viu meu corpo por aí? — perguntou a cabeça.

— Hoje, por mim, não passou nenhum decapitado — disse o Arroio Capivara.

Aí ela pediu carona pra ele, que disse sim, claro: os arroios, como se sabe, são seres extremamente generosos. Então lá foi a cabeça no Arroio Capivara, que andava um pouco mais ligeiro do que a sanga e tinha, inclusive, um fluxo meio delirante:

— Sinto muito pela tua perda — ele disse — Mas pensa só: existem coisas piores.

E se meteu, o Arroio Capivara, a contar barbaridades, quem sabe na intenção de consolar a passageira:

— Um cara, esses tempos, ele quebrou as duas pernas. Pulou da janela, de noite, quebrou as pernas. Que tal? Entraram as pernas pra dentro do corpo, ficou toda aquela montoeira de osso dentro dele, na barriga, que nem copo de papel amassado com um soco de cima pra baixo. Já viu copo de papel? Invenção nova, lá dos ianques. Mas é bem coisa de gente, né. Deus que me perdoe. Eu, se fosse tu, aproveitava que tu perdeu o corpo pra virar outra coisa. Uma boia, pode ser. Dessas que sinalizam o caminho dos barcos grandes. Que tal? Aí não tem risco de te vir uma ideia assim do tipo vou me atirar pela janela. Ou um passarinho. Dá uma aumentada nessas orelhas aí, que tal? Se tu for olhar, nem os passarinhos se atiram. Eles, que podem voar, não se atiram. Eles também não costumam fazer coisas que os homens fazem, como remar bêbado depois de brigar com a mulher, andar de bicicleta na pontezinha, tomar café. Eu, se fosse gente, nunca que ia tomar café. Os passarinhos, não sei se tu já reparou, mas eles têm sonhos mais práticos. O único capricho deles é tomar banho em poça d'água quando chove. Não na gente, digo, nos arroios e tals. Os passarinhos só tomam banho em poça. Mas te confesso que, se as poças fossem mais fundas, eu também iria. De qualquer forma, é mais seguro que nadar em represa. Sabe represa? Tem uma lá, perto do meu compadre Arroio Pinhal. Um cara, esses tempos, ele entrou pela turbina. Barragem, dizem. É outro nome pra represa. Mesma coisa. Era um fosso aquático, sabe? Desses que até os peixes mais bocabertas evitam. Os peixes, se tu for olhar, nem os peixes nadam perto das turbinas. Turbina é tipo um motor, coisa moderna. Mais perigoso que copo de papel, acho. Os peixes têm um senso prático, eles têm, digamos, uns sonhos objetivos. É que nem eu digo sempre. Eles preferem girar na parte do meio da represa, numa distância segura dos chumbos que elas têm fundo e dos anzóis na margem. Chumbo de pesca, sabe. Fica tudo acumulado, dói. O único capricho dos peixes, se tu for ver, é de vez em quando eles subirem pra superfície pra dar uma bocejadinha. Se as pessoas tivessem sonhos mais práticos, elas também dariam umas bocejadinhas só de vez em quando, mas só quando não houvesse gaivotas à vista. É o que os peixes, né, a inteligência deles. Nem as gaivotas, aliás, se atiram. Elas nem gostam de voar, já reparou? As gaivotas preferem ficar na areia da praia, esperando que os pescadores deem pra elas cabeças de peixe nos dias de fartura. Cabeça de peixe, não tu. Amanhã, por exemplo, vai ser um bom dia. Pode me cobrar. Elas têm sonhos simples, as gaivotas, ficam olhando as superfícies e as beirinhas, em vez do horizonte. O único capricho delas é de madrugada: ficam latindo que nem cachorro, assustando os andarilhos de beira d'água, aqueles que sonharam em voar e mergulhar e encontraram na noite uma forma de sonho mais ligeiro, digamos, nesse oceano duplo que é a água de madrugada, já reparou? Nesse sobressalto urgente que as pessoas têm: caminhar de madrugada na beira do oceano.

Embalada pelas viagens do Arroio Capivara, a cabeça sentia que as ideias iam se acomodando.

— Eu também sou poeta — confessou, mas o Arroio Capivara não disse nada do tipo "ah é? que legal, fala um poema aí pra nós". Ele era um viajandão desses cujo talento é falar horas inteiras sozinho.

A cabeça não se incomodou com isso. Ficou olhando as estrelas e sentindo como as ideias se organizavam em lugares novos. Talvez pela desnecessidade de se preocupar com o tronco (sempre faminto) ou os membros, sempre cansados. Agora as ideias se moviam dentro da cabeça como se estivessem passeando por aí, só olhando a paisagem, sem precisar construir nada. Flutuando. Mas não que nem estrela, essa chatice distante. "Que nem pipa", ela pensou. "Pensar que nem pipa, que nem papagaio. Pandorga mental".

Dava um poema. Meio bobo, que nem tudo que lhe vinha acontecendo. Mas a cabeça memorizou ele direitinho, pra usar no momento apropriado.

4.
IDERALDA PESQUISADORA

Esperou que o ronco do pai ficasse alto o suficiente, mas mesmo assim só calçou os tamancos fora da casa.

A lua era cheia, mas o céu estava encoberto. Isso é importante dizer porque demonstra uma certa distância entre o local onde estava a cabeça, que ia vendo as estrelas enquanto descia pelo Arroio Capivara, e a casa do Ardelino, onde havia ocorrido a decapitação.

O sereno parecia mosquitinhos diante da luz da vela, acesa dentro de uma lata de azeite com a tampa cortada. Ideralda tinha que andar bem devagar. Queria que a vela durasse pelo menos até a clareira em cima do morro.

Que morro era, não saberíamos dizer. Mas não dava pra enxergar o Guaíba.

O corpo, àquela hora, já podia estar a vários quilômetros do local onde perdera a cabeça. Mas Ideralda o tinha visto cambalear e sabia que a chance de ele ter tropeçado e caído era maior. Ela estava preparada pra encontrá-lo a qualquer momento. E não tinha pressa. No dia seguinte não se trabalhava, era dia santo.

Ela tinha trazido o caderno e o lápis na bolsa. Também uma batata-doce de lanche. Estava com vontade de comê-la já, mas ia se aguentando. Talvez o corpo estivesse com fome. Ela não seria capaz de negar um pedaço de batata pro moço.

Mas como será que o corpo comeria sem a boca? Talvez Ideralda tivesse que colocar pedacinhos já mastigados pelo pescoço dele. Devia ter um canalzinho ali. Como era o nome? Estôfago, esôfago? E como ela identificaria se o corpo estava ou não com fome?

Essas e tantas perguntas.

Ideralda sentia saudades de poder fazer outra coisa além de trabalhar. Se pudesse, teria se tornado professora, que nem a Lydia, antiga mestra da escolinha. Era daquelas de uma turma só, gurizada de várias idades misturadas numa única sala. A profe falava bastante das plantas e dos animais. Mostrava desenhos anatômicos, mandava trazer folhas de árvores diversas pra imitarem as nervuras. A própria Lydia era agricultora. A família dela vivia na roça: ela, quando não estava dando aulas, ficava lá podando, carpindo, fazendo pão, carneando galinha. Que mão pra flor que tinha essa Lydia! O Ardelino chegava a parar um quilômetro antes, quando via a professora, só pra tirar o chapéu pra ela. Mas Deus o livre a Ideralda mencionar que "talvez, quem sabe, se o senhor permitisse, eu poderia estudar pra normalista".

Essas coisas ia pensando a Ideralda, andando de xale branco no meio do mato, devagarinho pra vela não apagar, andando que nem assombração.

Queria desenhar em detalhes o corpo sem cabeça. Pena que a luz era tão fraca. Sentia-se dividida entre o orgulho de não ter cedido à tentação de pegar o lampião da cozinha e a decepção por não ter tido coragem de fazê-lo. Mas se consolava pensando que seria capaz de levar o corpo até um local mais iluminado.

Tinha levado uma corda pra laçá-lo. E fósforos, provavelmente. Mexeu na bolsa com a mão livre e não os encontrou. Mas deviam estar no fundo.

Caminhava iluminando o mais perto do chão possível, pra ver as pegadas. Era uma caçadora. Desarmada, pois não tinha tido coragem de pegar o mosquetão do pai. Mas sabia laçar bem. Sabia armar aquele nó que se faz formando primeiro um oito e que vai se apertando conforme vamos puxando a presa. Nó da vovó, é o nome. Vai saber por quê. O pai que tinha ensinado, ele vivia fazendo isso pra amarrar coisarada em cima da carroça. Ele tinha uma carroça, o Ardelino. Não podia reclamar.

Agora ela estava no meio do mato e se permitiu soltar um palavrão contra o céu encoberto, que impedia a lua de clarear o caminho. A parte boa é que no meio do bosque (achou mais bonito chamar aquilo ali de bosque) havia menos vento, portanto menos chance de a vela se apagar. Por outro lado, o alcance do facho não passava de dois palmos. Que palavra horrorosa: facho. Precisava aprender a não deixar que uma palavra feia lhe viesse à mente logo depois de pensar uma palavra bonita. Mas depois. Agora tinha coisas mais urgentes, tipo: como identificar o bicho que acabava de passar sobre sua cabeça?

Mas não devia olhar pra cima. O corpo não teria pensado em subir numa árvore, né? O corpo não teria sequer pensado. A única coisa que ele podia fazer era ir e ir, tropeçar, cair. Mas ela podia e precisava raciocinar. O que ela faria caso tivesse tido a cabeça decepada?

Teve certeza de que buscaria ficar em um local visível pra que a cabeça a encontrasse mais facilmente. Aquele corpo tinha sido muito burro de sair andando à toa. Podia ter morrido afogado. Podia quebrar uma perna. Ideralda decidiu que, caso tivesse o azar de perder a cabeça, ia ficar com o corpo no mesmo lugar. Que a cabeça se virasse pra encontrá-la. Afinal de contas, era na cabeça que ficavam concentrados os sentidos mais úteis na hora de se fazerem buscas como essa.

Mas não precisava ser assim. Sentiu um incômodo com essa decisão. Pareceu arrogante. Bem ideia de cabeça mesmo. O corpo não tinha culpa se o único sentido que lhe restava era o tato. E que insolência a dela, dizer que o corpo tinha sido burro ao sair andando à toa em vez de esperar pelo eventual retorno da cabeça. Como ele podia saber? Nem todo mundo tinha a sorte de se deparar com a decapitação de alguém pra, a partir daí, ser capaz de agir cientificamente no intuito de se preparar pra sua própria degola.

Agora sim, teve certeza de que alcançava um raciocínio lógico. Era uma questão de responsabilidade, portanto. Já que o destino a havia colocado diante daquela situação capital, Ideralda tinha o dever de se organizar para o futuro. E devia fazê-lo imediatamente. Começar a desenvolver mais o tato agora mesmo. Tirar os tamancos, fechar os olhos, tapar o nariz e os ouvidos.

Não se tratava de pensar que nem o corpo decapitado, mas de agir como ele. Persegui-lo usando o único método de que ele dispunha pra escapar.

E foi assim que Ideralda foi indo e indo mato adentro. E caiu na arapuca.

5.
TUDO A VER COM O BANDOLEIRO PACO

O bandoleiro Paco não aguentava mais essa coisa de beber. Soava infantil. O álcool o fazia pensar por meio de uma esponja encharcada de água gordurosa. Então o Julio Dias fez uma cara DESSE TAMANHO quando o ouviu pedir, em vez do tradicional licor de butiá, nada.

— Vai ficar aí sentado sem consumir? — perguntou o bodegueiro.

— Algum problema? — retrucou o bandoleiro, percebendo imediatamente que estava sendo grosso apenas por hábito.

Então, aproveitando que sua sombra estava dormindo, o Paco fez um gesto com a mão, pedindo um perdão geral.

— Desculpa, mas a vida... — filosofou.

Os demais convivas do negócio do Julio Dias balançaram a cabeça em assentimento.

Conversas. Um que outro soco de leve na mesa. Na transposição cinematográfica da biografia do bandoleiro, realizada pela Interfilmes, em 1979, Elias Figueroa, zagueiro colorado que interpreta o Paco, ergue-se muito lentamente da cadeira. Vai até a porta da bodega, cospe. Ouve-se música de gaita e violão em acordes menores. Por fim, a frase:

— Não tem nada a ver com o bandoleiro Paco.

E o silêncio torna-se bombástico.

O sujeito que ousou proferir o nome do bandido melindroso se levanta e cumprimenta um a um os amigos, com abraços emocionados de despedida. O Julio Dias oferece um último trago, regalo tradicional a todos os jurados de morte da região. Outro aparece com um caderninho, disposto a redigir as últimas palavras do condenado. Mas o bandoleiro não perde a oportunidade de dar um discurso:

— Na primeira vez em que nos acusaram de decapitação, era uma tarde modorrenta como esta, num areal como este, com muitas moscas zunindo às margens do rio Chinchiná. Éramos jovem. Acreditávamos que o Diabo nos favoreceria, caso tivéssemos a pachorra de esperá-lo na encruzilhada. Quando o corpo foi encontrado, fomos logo acusado de degola, pelo simples fato de termos tido certo protagonismo em atividades consideradas ilícitas na região. O exército com seus canhões, os liberais com seus panfletos, os conservadores com suas bengalas e os padres com seus demônios se fixaram em nós. Como um pintinho se fixa no primeiro ser vivo que esteja perto quando ele rompe a casca.

O condenado não entendeu se isso significava que o bandoleiro o estava perdoando ou se o estava cozinhando em banho-maria pra matá-lo depois do discurso. Por via das dúvidas, escutou de pé o segundo trecho.

— Na segunda vez em que nos acusaram de decapitação, era uma tarde mormacenta como esta, num pantanal como este, com muitos borrachudos zunindo às margens do rio Ypané. Éramos todavia jovem. Já não acreditávamos que o Diabo nos favoreceria, mas tampouco tínhamos esperança nas entidades benfazejas. Quando encontraram o degolado, o exército com seus canhões, os liberais com seus panfletos, os conservadores com suas bengalas e os padres com seus pecados se fixaram em nós. Como um jacaré se fixa nas garças que ousam sair de suas costas pra curiosearem sua boca aberta.

Agora o condenado já não tinha dúvidas. O bandoleiro Paco estava guardando a janta pra mais tarde. Já que seu destino estava traçado, o moribundo decidiu não antecipar uma morte por cansaço e sentou pra tomar outra canha enquanto escutava a terceira parte.

— A terceira vez que nos acusaram de decapitação foi esta mesma tarde, no bafo varzeano, com muitas baratas às margens do Guaíba. Já não somos nada jovem mas temos uma certeza: o Ardelino fez a denúncia e todos estarão atrás de nós. Tudo porque a cabeça decepada, em vez de aproveitar o intervalo entre o golpe e a rolada no chão para averiguar quem foi o verdadeiro perpetrador do gesto fatal e, assim, nos livrar da acusação, deve ter priorizado andar por aí atrás da parte que lhe falta.

— Mas e aí — disse o condenado, ansioso — Tu vai me matar ou não?

— Amigo — ombrotocou-lhe o bandido — Não fizeste nada além de mencionar nosso nome no comentário "não tem nada a ver com o bandoleiro Paco". Entende-se que essa frase, formulada em negativa, não tem efeito outro a não ser afirmar pela confusão contextual. Mas atenhamo-nos ao sentido literal dela. Agradecemos, portanto, o fato de que não nos consideres o culpado pela decapitação.

— Não entendi! — o homem esperneou.

— Temos mais o que fazer — concluiu o Paco. E saiu decidido.

Teve vontade de tomar um licorzinho, mas não podia pedir pro Julio Dias, senão iam achar que ele não tinha solidez de caráter. Ia aguentar, pensar em outras coisas, mudar de atitude.

Que, desta vez, o bandoleiro Paco estava sem paciência pra fugir.

Desta vez, ele sequer ia gastar energia afastando a degradante ideia de "provar a própria inocência".

Desta vez, o bandoleiro ia fazer justiça.

6.
O GUAÍBA CONTA UM CAUSO

A cabeça, até então, não tinha se dado conta de como gostava de se molhar. Percebeu que, antes, era o corpo que reclamava de frio e de calor. Era ele que sentia cansaço.

Nunca tinha pensado que ficaria mais leve sem o tronco e os membros. Agora girava, enchia a boca d'água, cuspia pra cima pra receber um chuveirinho. Só voltou a prestar atenção no trajeto quando percebeu que o Arroio Capivara ficou mais agitado.

— Guaíba — disse o arroio — Essa é a cabeça. Cabeça, esse é o Guaíba.

— Isso sim que é rio — ela comentou, deslumbrada pela quantidade de água à sua disposição pra boiar.

— Não é rio — corrigiu o Capivara.

— Vai dizer que é uma lagoa agora?

— Eu sou água — brincou o Guaíba, resumindo a questão num gesto largo — Em mim cabe tudo. Bem-vinda, senhora cabeça.

Ela teve o impulso de explicar que era homem, portanto queria ser chamada de *senhor* cabeça. Mas aí o Guaíba veio com um causo (são muito contistas, essas águas de Porto Alegre).

— Uma vez — disse o Guaíba — dei carona pruma guria chamada Geo. Ela tava fugindo, vinha lá do meu parceiro Camaquã. A Geo gostou de saber que eu não era nem totalmente rio, nem totalmente lago ou lagoa. Porque ela também tinha que viver se explicando.

Foi o seguinte: no princípio, a Geo era *o* Geo. Mas olha só, se tu for ver, no princípio toda pessoa é ela, a mãe, e também ele, um pai. Tô certo ou tô errado? Que nem a lenda do sol e da lua, que no princípio era uma coisa só. Só conseguiram se transformar em mais de uma coisa, o sol e a lua, quando atravessaram o aguaceiro: o sol atravessou e saiu do outro lado lua, depois a lua entrou no aguaceiro de volta e saiu do outro lado sol — e deu um arco-íris.

É meio estranho, mas é assim: tem que se cruzar. Tem o aguaceiro do homem dentro da mulher, depois tem o aguaceiro onde a criança se cria dentro da mãe, e todo mundo que nasce nem sempre fica sendo pra sempre homem ou mulher, porque ficam acontecendo vários aguaceiros na vida de cada um, e tudo pode mudar.

Diz a Geo que, mesmo de piá, ela já sentia os aguaceiros dentro, *lã* onde nasce o Camaquã. Aí, um dia, ela ainda ele tava brincando de bolita com um amigo e o pai, bêbado, chegou xingando: "Na minha família não tem veado!".

E expulsou o filho de casa, por medo que todo mundo visse que o guri tinha esse poder de se transformar em veado. Aí a Geo foi pra estrada atrás de um rumo. Apareceu um pessoal de carreta oferecendo carona. Disseram que iam levar prum lugar melhor, sem dor, pode confiar, essas coisas que se diz pra criança.

O Diabo andava muito pelas encruzilhadas daquela zona. Ia fazer garimpo. Tem até hoje um lugar lá que se chama Rincão do Inferno. O

Diabo ia atrás de ouro, que é a comida dele. Ele se adona dos olhos dos homens e eles ficam cegos. Tu conhece o ditado: quem vê ouro não vê outro. É o Diabo de olhos arregalados só querendo ver o brilho da pedra, sem dormir, olhos abertos que nem as crateras que ficam no garimpo.

Levaram a Geo ainda menino e colocaram num galpão lá, onde os garimpeiros iam matar a outra fome do Diabo: a da cobra. Ele não se importa se é guri ou guria: o Diabo tenta fazer as transformações dele, com força. Ele quer engravidar os meninos e, quando engravida só as meninas, amaldiçoa os filhos com nascerem sem cabeça, ou com duas, e cegos, surdos. Já viu?

Parece, inclusive, que a máquina nasceu da união do Diabo com o ouro. Ele gosta da máquina, que é estéril, não escuta, só faz barulho, só faz força.

Na época da história da Geo, o Diabo já tinha desbancado até os espíritos mais malandros do campo. Tava tudo virando cratera de mineração e os garimpeiros deixavam cada vez mais o Diabo ser a vontade deles. Daí os espíritos pensaram: vamo fazer uma malandragem. Sopraram pra Geo ainda menino, que tava lá no galpão desde vários anos só comendo o pão que o Diabo amassou, sem ver sol nem lua. Os espíritos sentiram que ali na Geo, aquele guri, ele tinha o poder de se transformar. Aí sopraram a ideia: "Finge morte", disseram.

Isso era o terror. Quando morria alguém, tinham que enterrar, esconder o corpinho. Morto no garimpo era um transtorno: volta e meia tava um lá catando ouro e achava um osso. O garimpo parece um inferno e é mesmo, mas sem o lado bom do inferno do Diabo, que é só ter almas, sem corpos. O garimpo é aquele inferno todo só que com os corpos todos. É um problema que o Diabo deixou pros caras lá resolverem, mas eles são mimados, não conseguem.

Os espíritos sopraram pra Geo: "Vira joaninha. Quando vier o próximo homem tu escapa pela porta".

É que as crianças naquele galpão só viam a porta abrir quando um homem vinha saciar a fome da cobra. O resto do tempo era uma escuridão sem ar, nem uma fresta de passar inseto tinha nas celas das crianças.

"Tá", disse a Geo, num fiapo de voz de guri. E ficou bem quieto, que nem joaninha, que a gente nunca sabe se tá dormindo, esse poder da joaninha de deixar sempre a dúvida de se tá vivo ou não.

Diz ela que foi ficando colorida. Ganhou um sapato lustroso, as patinhas da joaninha. Ganhou uma echarpe vermelha, uma manta de pintinhas pra encobrir as marcas de sufoco, ganhou até bochecha, a Geo. E esperou. Pronta pra sair da letargia, o poder da joaninha, pronta pra sair voandinho, aquele jeito dela.

Quando veio um homem, ela saiu estabanada porta afora, só que era dia claro e o sol, isso o espírito do campo não previu. Ela saiu com as asinhas estabanadas e o calor e a luz que atravessaram a mágica letárgica da joaninha, isso ela virou de novo guri, no meio do ar.

O homem foi correndo atrás, as pernas largas do homem e as perninhas curtas da Geo ainda menino, pouco mais grossas que a da joaninha. Mas mesmo assim ela chegou no Camaquã e se atirou. Abriu os bracinhos molengos de anos na escuridão (parece que ela ficou trancada uns cinco anos) e daí saltou da barranca pra água barrenta.

Ah, mas o homem, mais de um, ele conseguiu puxar a Geo, ainda guri, cabeludo como guria. Puxou de volta pelos cabelos, antes de ela cair no rio. Aí a Geo lembrou que ainda era menino, lembrou de instinto que a humanidade de menino inclui aquela fragilidade e deu um chute, bem dado, no meio da humanidade do outro, e se soltou pra água.

Mas não sabia que não sabia nadar.

Ali no caldo do Camaquã não adiantava ser guri nem guria, nem joaninha. Não adiantava invocar o pai, a mãe (que pai, que mãe?), nem chamar os espíritos do mato. O jeito ali era o rio, entendeu? Aceitar o Camaquã, a descida, a boca, a barriga barrenta da água: a placenta. Não é assim? Aguaceiro, é a palavra. Outros chamam de batismo. Ela aprendeu.

Era um arco-íris marrom, quando a Geo saiu no outro lado. Um lado inesperado, mas meio que antevisto, na capacidade antiga de se transformar em veado. A Geo tinha virado Geo, finalmente, pra começar de novo recém-parida, atrás de outra estrada, outra encruzilhada — concluiu o Guaíba, solenemente.

Mas a cabeça esperou um pouquinho, pra ver se não vinha algo mais.

Não, era isso mesmo. Então falou:

— Entendi. Tu tá tentando me consolar pro fato de que eu talvez nunca mais volte ao meu estado inicial?

— Tranquilo — disse o Guaíba — É só um causo que eu gosto de contar pras pessoas. E tu, que me diz? Tá fugindo do quê?

A cabeça fez que não escutou. Seguiu comentando a história da Geo:

— Vai ver não me impressionou tanto por causa do teu estilo. Aposto que a protagonista teria contado melhor.

— Pode ser — concordou o Guaíba — O estilo dela era bem realista, de denúncia. Inclusive, graças ao relato da Geo, conseguiram desmantelar o garimpo lá onde ela ficou presa. Ela convenceu a polícia, foram lá, libertaram umas quinze crianças. Mas e tu — insistiu o Guaíba — qual é a tua história? Do que tu tá fugindo?

7.
OPERAÇÃO DE SALVAMENTO

O corpo tinha se assustado muito quando a Ideralda caiu em cima dele no buraco. Ela passou uma abundante meia hora tratando de convencê-lo, com carinho e apertos nos ombros, de que ela estava ali na qualidade de amiga. Depois que ele parou de tremer, Ideralda tentou alimentá-lo, inserindo pedaços mastigados de batata-doce pelo buraquinho do pescoço. Aí o corpo começou a se engasgar e ela teve receio de que ele morresse de vez.

Que boba, tinha se esquecido de levar água. E realmente tinha esquecido os fósforos em casa. Esvaziou a bolsa e só encontrou as cordas, o lápis, os papéis e a batata-doce. Da próxima vez que saísse pra fazer pesquisas de madrugada, não podia deixar de levar água, fósforos e algum alimento menos seco pra facilitar a ingestão por vias que prescindissem do uso da boca.

Pena que o corpo estava sem olhos e não podia contemplar a habilidade com que Ideralda laçou uma árvore, já na quarta tentativa. Ela cingiu a cintura do rapaz e, com gestos que usavam o corpo dele pra fazê-lo entender, explicou que primeiro subiria ela, pra em seguida alçá-lo. Ele não fez sinal nenhum de desagrado e Ideralda sentiu-se inundar de ternura. Teve certeza de que era muito mais fácil lidar com corpos sem cabeça. Os outros caras que ela conhecia nunca aceitavam as ideias que ela tinha.

Quando alcançaram a estrebaria onde ela decidiu escondê-lo, já era quase dia. Com a delicadeza científica que a inspirava desde o início da aventura, Ideralda pingou gotas de água pelo buraquinho do pescoço até que o rapaz, com o polegar, indicasse que estava satisfeito. Então, gesticulando com o corpo dele numa língua de sinais que aos poucos ia dando certo, Ideralda conseguiu fazer o outro entender que ela queria saber como ele tinha chegado até o açude do pai dela, de onde ele vinha, e por que ele havia sido decapitado.

A resposta ela achou meio nada a ver, porque o corpo ficou fazendo gesto de tocar violão. Aí ela pensou, primeiro, que ele estava tirando sarro da cara dela. Depois, que decerto ele tinha sido decapitado por tocar violão, o que a fez se lembrar do próprio pai: seu Ardelino não gostava dos violeiros que ficavam nos bolichos e pedia pra filha nunca se deixar engraçar por um traste daqueles.

Pra afastar aquela suspeita absurda (o pai dela jamais mataria alguém com um machado), Ideralda decidiu passar à última etapa da operação de salvamento.

Uma coruja. A ave da sabedoria, segundo a professora. Já que ele devia ganhar uma nova cabeça, que fosse uma inteligente.

Mas onde achar uma cabeça de coruja? No mato tinha algumas, só que todas vinham com a coruja junto. E Ideralda, apesar dos nobres propósitos científicos, jamais mataria um bicho tão bem feito. Era mais fácil usar uma cabeça de vaca ou de porco.

Mediu. O corpo era pequeno, mas mesmo assim uma cabeça de coruja ia ficar minúscula ali. Já uma de vaca ia ficar grande demais. A de porco, embora ficasse proporcional, faria Ideralda se lembrar de um colega insuportável da infância. Um bode, quem sabe? Mas ia ficar parecendo um diabinho. Ela até tinha ouvido falar de gente que gostava de diabinhos, mas era melhor não arriscar.

Ideralda jamais poderia prever que fosse tão complicado praticar o bem.

Buscando a ajuda do acaso, ela saiu de mãos dadas com o corpo pelo mato. Era melhor evitar a estrada. Deus o livre encontrar um vizinho. O que não falariam dessa guria, que cartaz ela ia ganhar caso alguém a visse de mão dada com um marmanjo! Só que no mato, ela não previu isso, mas era óbvio que acabaria encontrando uma senhora com fama de bruxa.

A Zenaide, no caso. O Ardelino não era dos mais ortodoxos e, algumas vezes, tinha levado a Ideralda se benzer na casa dessa mulher. Casa é modo de dizer: aquilo era uma tapera. Cheia de cachorro. Corria a lenda de que eram eles que caçavam comida pra patroa. E que essa comida era qualquer coisa que chegasse perto.

Quem sabe foi por isso que a Ideralda não cogitou, de primeira, levar o corpo sem cabeça lá? Porque, convenhamos, uma bruxa deve curar isso aí num toque de mágica.

Acho que não. Acho que a Ideralda não pensou logo na Zenaide porque queria ela mesma, de modo científico, resolver o problema. Então é lógico que a pesquisadora não ficou satisfeita ao se dar conta de que estavam caminhando na direção da tapera amaldiçoada. "Vamos chegar lá, a véia vai olhar pro corpo e sim sala bim! Uma cabeça nova pra tim!", pensou Ideralda, frustrada por antecipação.

Mas isso se a cachorrada não destroçasse o pobre rapaz assim que o avistasse. E, junto, ela, a Ideraldinha do seu Ardelino. Os dois servindo de almoço pra bruxa mais poderosa da zona sul.

Capaz. A moça conhecia a dona Zenaide. Não ia atrás de superstição. Quantas vezes aquela mulher não tinha curado cobreiro dos braços e pernas da Ideralda? E anemia, e mau-olhado. Ideralda sentia até uma certa admiração pela técnica da benzedeira, que usava uma aliança de ouro lavada em água santa, colhida do rio no dia de Nossa Senhora dos Navegantes... Hoje, no caso.

Ideralda respirou aliviada. Era dia dois de fevereiro. Era capaz da bruxa nem estar em casa. Inclusive, devia ter levado junto os cachorros pra pegar água no Guaíba. Porque a tapera estava ali, ó: o telhado caído, a janela furada, a parede se escorando numa árvore, e cadê a cachorrada?

O corpo parou. Ideralda tentou puxar, primeiro carinhosa, depois com impaciência, mas o rapaz tinha se postado na terra como um gato, quando eles deitam na cama da gente e cravam as unhas na coberta e não adianta pegar no colo, eles são capazes de levar o colchão de arrasto, não saem da cama nunca mais.

E aí ela entendeu: estavam cercados. Contou um, dois, cinco, dez, depois desistiu da matemática pra dar lugar ao medo. Um jaguara mais sarnento do que o outro. Babando, rangendo os dentes, no princípio em silêncio, mas daí um começou a acoar e os outros quarenta imitaram. A Ideralda se grudou no corpo sem cabeça e, com a mão livre, ficava apontando a bolsa, a mísera bolsa de pano, como se fosse um escudo. Teve pena dos papéis que ela pretendia encher com desenhos anatômicos, os papéis que virariam farelo na boca dos cães.

Até que se ouviu uma voz:

— Pode vim, eles não fazem nada.

Essa é uma das frases mais escutadas antes de uma tragédia. É comparável apenas com aquela "pra que serve esse negocinho?" e a outra, clássica: "tranquilo, já fiz isso um milhão de vezes".

Então, por via das dúvidas, Ideralda e o corpo continuaram paralisados. Por sua vez, numa inesperada demonstração de gentileza, os cachorros não faziam nada além de rosnar e latir. Teve que vir a pobre senhora, mancando, escarrando, espantar a cachorrada e dizer naquele tom meio de raiva, meio de bondade que só as bruxas da roça sabem usar:

— Hoje não benzo, minha filha. É muito urgente?

— Capaz — disse a moça — A gente só tá passando mesmo.

E puxou o corpo pra seguirem a viagem. Mas ele insistia em se fazer de peso morto, que nem gato na cama. Decerto sentia a presença da bruxa, decerto esperava mais da Zenaide do que da sua verdadeira salvadora.

Essas ideias foram irritando a Ideralda. Ainda mais quando ela viu que a bruxa estava se amolecendo e se interessando pelo desconhecido.

— Que que houve, meu filho — disse a benzedeira, enquanto pegava as mãos dele com precisão de quiromante.

O corpo teve um estremecimento e, em seguida, ficou todo arrepiado nos pelos do braço. "Desgraçada", pensou a Ideralda. "Tá fazendo um feitiço". E já imaginou o rapaz virando um escravo da bruxa. O corpo sem cabeça montando um cachorro sem cabeça nas noites sem cabeça dos matos da zona sul.

— Sinto muito — disse a Zenaide, acariciando o rapaz e murmurando "ahans" como se estivesse escutando a trágica história dele — Sinto muitíssimo, querido.

A Ideralda teve vontade de arrancar a cabeça da outra. Queria dizer então que essa mal-amada era capaz de descobrir todas as respostas em dois minutos, enquanto a guria precisou passar a noite toda buscando o coitado na floresta, laçando ele pra fora duma arapuca de caçar porco, inventando uma complexa língua de sinais, mas bastou chegar essa jararaca aí que...

— Ele precisa dum violão — disse a adivinha — Ele vai te contar a história dele, quando tiver um violão.

— E por que não me conta tu? — Ideralda explodiu — Pelo jeito ele já te revelou todos os segredinhos.

Não sabemos se o corpo realmente informou alguma coisa significativa pra Zenaide, mas ela não quis atiçar os ciúmes da menina e, com um olhar compreensivo e promitente, insistiu que o rapaz fazia questão de contar pessoalmente a história, quando arranjasse um violão.

Ideralda não quis perder tempo tentando entender como é que o corpo ia fazer isso. "Decerto vai cantar pelo buraquinho do pescoço", pensou, envergonhada pela própria maldade. Ela só queria sair de perto daquela velha. Mas queria levar o corpo junto. Se a condição pra que ele desempacasse do chão e voltasse a caminhar, se ele, pelo visto, valorizava mais uma porcaria dum instrumento musical do que a busca pela própria cabeça, então tá, ela prometeu que ia atrás dum violão.

8.
A MORTE DO BANDOLEIRO

O Paco acendeu o palheiro, cuspiu o saborzinho doce da primeira tragada e disse pra sombra:

— Acorda, vamos.

Ela, encontrando rapidamente um argumento com o qual ferir o companheiro, perguntou se ele não ia tomar um trago pra firmar o pulso.

O bandoleiro Paco cuspiu de novo, agora o amarguinho da última tragada, e disse que deviam por força inverter a lógica que sempre os tinha guiado. Portanto, nem escapar da cidade, nem ceder à tentação do álcool.

Então passou pela mente da sombra a memória da vez em que, fugindo de algum exército, chegaram às margens do Arroio Jacareí, em Porto Alegre. Ali, despistaram os milicos graças à ardilosidade do Paco, que disse ao arroio:

— Corre pra direita, amigo, que assim que amanhecer te daremos em troca a nossa solidez de caráter.

O arroio gostou da proposta e, na manobra, arrastou consigo os canhões que perturbavam o bandoleiro.

No dia seguinte, quando o Jacareí cobrou a solidez de caráter do Paco, recebeu em troca apenas uma risadinha. Então o arroio, furioso, inflou-se e começou a correr pra todos os lados. E é por isso que hoje esse arroio se chama Dilúvio e causa terríveis alagamentos nas várzeas que o circundam.

Depois de ter esse pensamento, a sombra percebeu que tinha encontrado outro argumento com o qual ferir seu companheiro:

— Espero que dessa vez tu saiba nos livrar do perigo sem ter que mentir pra rio algum.

O bandoleiro Paco deu mostras de magnanimidade e ignorou a provocação da sombra. Fez sinal pra que ela se calasse, pra escutarem melhor os berros característicos do Morro do Hospício.

— Todo assassino deseja ser encontrado — filosofou o salteador — Nunca resistem ao prazer de receberem a punição, vale dizer: o reconhecimento pelo seu horrível talento. Quem separou o corpo da cabeça foi um louco. Logo, ele passará pelo Morro do Hospício.

— Diz alguma coisa que eu não saiba — comentou a sombra, sempre com aquele tom de quem precisava irritar o sócio.

E, antes que o bandoleiro Paco precisasse dizer a ela o que fazer, a sombra deslizou pela estrada de terra até o centro da encruzilhada. Lá, ela esperaria que o louco se aproximasse. Enquanto isso, o Paco ficou escondido atrás duma árvore, mastigando pacientemente sua solidez de caráter, já que não tinha bigode.

Esse Morro do Hospício ele conhecia bem, era o da Maria Degolada. Aliás, vale registrar que o bandoleiro Paco não tem nada a ver com a degola daquela moça. Ele era um brigante, não um brigadiano. E estava ali, inclusive, tentando dar um certo estofo moral pra sua bandidagem.

Fazer justiça, encontrar o doido que decapitou o corpo no açude do Ardelino. Estava surpreso que sua sombra tivesse aceitado tão rapidamente a empreitada. Evitava entrar em grandes conversas com ela, pra não se desgastar, mas pelo jeito a sombra também estava cansada de desventuras.

Não demorou pra que os berros do Hospício diminuíssem de intensidade e se fizessem ouvir passos típicos de um assassino.

Ele cambaleava corcunda. A consciência já lhe estava pesando mais do que o pescoço conseguia suportar. Quando chegou na encruzilhada, a sombra esticou a perna e o louco caiu de cara na terra úmida.

O bandoleiro Paco saiu de trás da árvore. Postou-se diante do assassino e, com as mãos eloquentemente posicionadas sobre os revólveres, declamou uns versos:

"Comprova que és digno do esforço
de te quebrarmos o pescoço,
pois não merece nem um tiro
quem não explica seus delitos."

Mas o louco parecia incapaz de falar, muito menos sobre o crime. Não fazia nada além de tentar arrancar a própria cabeça com as unhas.

Reunido com sua sombra, o bandoleiro Paco abriu os debates:

— Não podemos simplesmente matá-lo e deixá-lo aí. A justiça precisa ser divulgada.

— Leva ele pro quartel — provocou a sombra — De repente perdoam os crimes que tu realmente cometeu.

— E ter que lidar com os milicos? Melhor seria entregá-lo pro Hospício.

— Ouvi dizer que hospício dói muito — ponderou a sombra.

— Pois é. Mas nós, o bandoleiro, não devemos ter piedade.

Ficaram nesse impasse, enquanto o mentecapto tentava decapitar a si mesmo. Até que o bandido teve uma ideia típica de sua estirpe:

— Vamos matar o bandoleiro Paco.

E mandou a sombra cortar as cabeças dele e do louco, a fim de substituí-las nos corpos um do outro.

— Não te esqueças de trocar também os cérebros — disse o Paco, antes de receber o golpe.

Assim foi feito. A sombra era muito habilidosa e, pra garantir que o louco não ressuscitasse, ela arrancou o coração dele e o guardou no bolso pra jogar no horizonte depois.

Na manhã seguinte, aquele corpo seria encontrado com as roupas e a cabeça do Paco.

A morte do famigerado bandoleiro ficaria assim registrada no dia 2 de fevereiro de 1931, conforme os documentos oficiais.

9.
ENCONTRO NO GUAÍBA

A cabeça não parecia nada disposta a contar a história de como perdeu o corpo, e principalmente a história de quem ela era, antes de perder o corpo. "Talvez ela não se lembre mais", pensou, a princípio, o Guaíba. "Não é o que dizem? A memória fica no coração". Mas algo no fundo arenoso dele o fazia desconfiar que aquela cabeça era meio capciosa.

— Sabe o que que é — disse a caroneira, em tom de confissão — Eu só sei contar minha história cantando. Ah, se eu tivesse comigo um violão...

— Então tu vai fazer tuas cantorias na Lagoa dos Patos — anunciou o Guaíba — Eu vou ficando por aqui.

A cabeça teve um calafrio. Começou a suar, a tremer, ficou, mesmo no meio daquela água toda, ela ficou com a boca seca. Tentou desesperadamente mover as orelhas pra nadar na direção contrária. Ficou gritando pro Guaíba puxar ela de volta, que ela não queria ir tão longe, que tinha medo de lagoa, que tinha pavor de pato, que não sabia nadar, fez um escândalo aquela cabeça, até que desmaiou. Só não se afogou porque a água que entrava pela boca saía rapidamente pela garganta aberta.

O Guaíba tinha mais o que fazer, não ia parar seu curso rotineiro pra atender aquela cabeça neurótica. O máximo que ele podia fazer era dar um empurrãozinho pra que ela passasse perto de uma canoa que vinha lá do horizonte.

Evidentemente, o remador da canoa era o justiceiro Paco, agora portando com naturalidade seu novo crânio.

A sombra do justiceiro vinha particularmente satisfeita, pensando em como ficaria bonito o crepúsculo sobre aquelas águas, depois de ela ter jogado no horizonte o coração sangrento do louco. E é por isso que o pôr do sol no Guaíba é tão elegante.

Aí se escutou aquele choque de coco com casco de canoa. A cabeça acordou e não teve dúvidas:

— Tu de novo!

Gritava tanto que o justiceiro Paco teve medo de atrair pra si a atenção dos pescadores que, naquele amanhecer, iniciavam os festejos a Iemanjá. Puxando a cabeça pelos cabelos pra dentro do barquinho, ele enfiou com prática um trapo na boca dela e se pôs a explicar a história.

Contou que, das outras vezes em que tinha sido acusado de decapitação, a única saída decente havia sido fugir, mas agora tinha preferido resolver o imbróglio.

Contou que tinha trocado sua cabeça com a do louco, de modo a enganar a polícia e, de repente, conquistar um certo anonimato na freguesia.

Contou a história da vez em que ludibriou o Arroio Jacareí, e que se arrependia disso.

Já que a cabeça tinha se acalmado diante de todas essas razões, o Paco retirou o trapo da boca dela e lhe concedeu permissão pra agradecer por ele ter dado um jeito no maluco do machado. Daí a cabeça perguntou se o distinto barqueiro, por acaso, não sabia tocar violão.

— Bá — fez o Paco — Se tem uma coisa de que nos arrependemos é o fato de nunca termos tido paciência pra aprender um instrumento

— Pois é — insinuou a sombra — Será que não é por isso que tu te dedicou tanto a outras habilidades manuais?

— Ah, se eu pudesse me juntar de novo com meu corpo — suspirou a cabeça, passivo-agressivamente — Quantas belas canções eu não poderia fazer sobre as glórias dos justiceiros...

— Sem puxa-saquismo — ameaçou o Paco.

A cabeça prometeu se comportar. E, pra não cometer outras delicadezas, enfiou voluntariamente o trapo na própria boca, mantendo-se calada enquanto o justiceiro remava pra saírem da água logo, antes que a procissão de Iemanjá os alcançasse.

Mas o Paco agitava com tanta força o remo que chegou a perturbar as águas novas do Guaíba, que não conheciam aquela cabeça avulsa montada na canoa. Ele formou um redemoinho que deixou tonta inclusive a sombra do justiceiro. Quando se estava armando um tsunami, a cabeça começou a pedir perdão pro Guaíba, explicando que estavam remando com tanta violência por simples pressa de encontrar um corpo sem cabeça.

— Ah, tá — disse o Guaíba, se tranquilizando — Tá explicado então. Encontrei há pouco o Arroio Capivara. Diz que apareceu na margem dele um corpo sem cabeça de já hojinho. Vai que é o teu...

Apesar de não ter a memória das águas passadas que tinham dado carona pra cabeça, o Guaíba se mostrou íntegro e manteve a postura amigável que o caracteriza. Mobilizou uma contracorrente especial, que levou a canoa direto pro Arroio Capivara. Assim, o justiceiro Paco e a cabeça chegaram ligeiro no cenário do desenlace.

10.
REUNIÃO

O corpo pesava como se tivesse cabeça. Como se tivesse comido uma roça inteira de batata-doce. Devia ser porque estava desmaiado. Ou morto de vez.

"É a falta de ideias", pensou Ideralda. Um corpo sem cabeça perdia a capacidade de se manter em pé simplesmente por não ter nenhuma razão para fazê-lo.

Sentiu orgulho da hipótese. No giro de uma noite, ela tinha feito boas descobertas. Podia agora escrever um relatório e apresentar pra profe Lydia. Ela saberia a quem encaminhar. Bastava anexar os desenhos que tinha feito do corpo, nas pausas da caminhada.

Só lamentava não ter encontrado uma cabeça digna pra colocar nele. Aquela de jaguatirica, embora já perfeitamente destacada do respectivo corpo, não era compatível. O último recurso era pegar uma de golfinho. Esse sim, animal inteligente e sensível. Então ela carregava seu amigo nas costas, na direção do Guaíba.

Se bem que não era um bom local pra encontrar um golfinho. Era dia de Nossa Senhora dos Navegantes. Ideralda já estava vendo os pescadores. Uma bandeira alta, azul, surgissumia conforme o vento. Com certeza os golfinhos escapariam daquele furdunço. Deviam estar indo todos para os cursos de água mais discretos.

Aí lhe deu o estalo.

Sem vacilar, Ideralda dobrou na direção do Arroio Capivara. E se alegrou com a decisão, já que uma cabeça de capivara serviria direitinho aos seus propósitos.

Meia hora depois, quando encontrou de fato a cabeça que pertencia ao corpo, Ideralda se deu conta de como havia exagerado. Uma cabeça de capivara teria transformado o seu amigo em um monstro. Mas ela não ficou se recriminando muito.

O justiceiro Paco, que tinha um pouco mais de experiência nessa questão, garantiu que é normal a gente imaginar saídas ruins quando, no fundo, a melhor solução está bem perto de nós.

— A senhorita poderia ter simplesmente costurado parte de sua cabeça no corpo dele — explicou o justiceiro — Aí, quando um dos corpos cansasse de caminhar, podia usar o outro.

Pra evitar a frustração de não ter tido essa ideia antes, Ideralda escolheu não pensar nisso. Guardaria essa solução pra próxima vez que encontrasse um corpo sem cabeça. Naquele momento, ela preferiu ficar desenhando a alegria do rapaz que, ao reencaixar seus componentes, chegava a se engasgar contando suas aventuras recentes para os próprios braços e pernas.

— Como é teu nome? — perguntou Ideralda.
— Antônio — ele disse.

Foi meio decepcionante ouvir isso. Quem sabe a moça estivesse esperando um nome menos comum. Ou simplesmente não tinha medido as consequências de fazer uma pergunta tão banal. Talvez pra amenizar a decepção, ela anotou *Antônio*, ao lado de cada desenho anatômico que havia feito, caprichando naquela letra redonda de jovem educada em escolinha rural.

— E o meu violão? — perguntou Antônio.

Ninguém respondeu.

— Vocês me prometeram um violão, em troca da história da minha vida.

Paco e Ideralda se encararam.

— Não prometemos nada — disse o justiceiro.

Mas Ideralda, de fato, meio que tinha dado a entender que lhe conseguiria um violão, lá na casa da bruxa. E o Paco também, convenhamos. Tinha ficado subentendido que, ao ajudar a cabeça a encontrar o corpo, o ser humano reunido poderia cantar, tocar, e pra isso seria preciso um violão.

Mas onde encontrar um troço desses naquela várzea do Arroio Capivara?

O rapaz, que agora temos que chamar de Antônio, pra não aumentar o beicinho que ele está fazendo sentado numa pedra, de braços cruzados, diz que foi enganado, não sei quê, é capaz de chorar de verdade esse pentelho. Então vai lá, Paco, arranja um violão pro guri.

Sobe na canoa, pega o remo, vai remando remando o justiceiro resignado. Que baita senso de responsabilidade tem esse Paco. Tu vê só. Quem diria que, no fim da carreira, ele deixaria de assombrar as famílias pra ir, abnegado, em busca de um violão às oito da manhã num dois de fevereiro, navegando num barquinho sobre o Arroio Capivara, que hoje, cem anos depois, nem sei se alguém sabe onde fica. E, se sabe, alguém ainda cumprimenta o Capivara?

Teve que entrar no Guaíba, o Paco, porque certamente lá eram maiores as chances de ele encontrar um instrumento. Algum pescador, era de se esperar, alguém devia ter saído de casa, naquele dia santo, já preparado pra tocar umas modinhas, ou mesmo essas músicas de igreja. Iemanjá, quanta música pra Iemanjá existia em 1931.

E o Paco ali, pensando que essa busca por um violão em pleno dia que ficaria registrado como a data em que ele morreu alvejado por 280 tiros, o Paco ali pensando que, graças ao delito menor de roubar a cabeça de um louco, mas sobretudo agora, com esse seu esforço (desde quando andava por aí de estômago vazio, e sem beber uma gota de licor!), com esse gesto sim, procurar um violão, agora sim ele estava pagando seus pecados.

Talvez já estivesse até com um saldo positivo. Podia, daí, requisitar o violão daquele pescador ali ó. Requisitar que nem polícia requisita o cavalo de um peão, quando fica sem montada. Pronto. Nada grave. Vai devolver, moço? Devolveremos sim, senhor. Somos o justiceiro Paco. Nascido no dia em que o bandoleiro foi encontrado morto, no Morro do Hospício. Somos o justiceiro e não devemos ter rancor.

Ah é? Provoca a sombra dele. Então nada de explodir de nojo quando, exausto, com sede e insolação, depois de ter entregado o teu tempo e o que restava do teu humor pra ir buscar um hipotético instrumento; e depois de tê-lo incrivelmente encontrado, e requisitado, honestamente, o violão junto a um pobre pescador; ao chegar de novo, orgulhoso pela pureza do teu gesto, ao chegar finalmente na várzea do Arroio Capivara, não me vai sair quebrando o precioso instrumento do pescador lá, apesar do instinto, ao perceber que o tal do Antônio já tinha encontrado outro violão e já tava tocandinho.

— A gente pediu ali no vizinho — comenta, candidamente, a Ideralda, indicando uma casa que agora todo mundo vê, potreiro acima.

O justiceiro respira. Se lava no arroio, bebe daquela água. Tem gosto de girino, mas é a que tem. Senta perto duma arvorezinha. A sombra dele, reparando no estado de avançada melancolia que acomete seu companheiro, resiste à tentação de feri-lo com palavras estúpidas.

Ideralda, por sua vez, espera com prontidão crítica que Antônio termine de afinar o violão (o do vizinho, pois o piá nem deu bola pro que o Paco trouxe e que ficou no sol, dentro da canoa, enquanto o pescador lá, a ver navios).

Pronto. Vai começar. O rapaz vai contar a história da vida dele.

"Grande coisa", pensa o Paco.

Antônio limpa a garganta e começa a dedilhar. Mas se interrompe novamente:

— Lembrei que foi o Guaíba que me pediu, praticamente me implorou, várias vezes, pra eu contar essa história. Vocês não estariam dispostos a ir até as margens dele, pra que ele possa escutar?

— Canta duma vez — diz o Arroio Capivara, avançando sobre a beira — Depois eu repasso pro Guaíba.

Tá. Agora vai. Era uma pajada assim:

Nasci lá no interior
mas cansei da minha família.
Eram todos muito honestos,
amavam pagar os impostos,
e assim a gente vivia
o ano todo sem um pila.

O meu pai, pra ter uma ideia,
não tomava nem um mate
sem consultar devogado:
"vancê se passou na erva",
"essa cuia aí não presta",
eram frases lá do árbitro.

E depois chegava o alcaide:
"fiquei sabendo do saldo,
o siô me pague um assado".
O velho se sentia amigo
dos donos do município,
mas nós, os filhos, descalços.

Até aí tudo bem.
O problema na verdade
começou quando eu falei
que queria ser violeiro:
"vou me embora pra cidade
que isso aqui é um formigueiro".

E vim vindo de a pezito,
saciando com chuva a goela,
dormindo que nem carpincho,
parando em cada bolicho
pra preencher a budela
em troca duns improvisos.

Até que cruzei uma estância...
Pra mim era só um atalho,
mas vieram acusando atrás
que eu era ladrão de rês
e dê-lhe que dê-lhe relho...
— Que dê-lhe meu devogado?

Me deixaram ir embora
mas ficaram com o violão.
E foi todo esgualepado,
com o orgulho esmigalhado,
me arrastando pelo chão
que aportei na sua mansão.

(*Ao cantar esse verso, ele olhava pra Ideralda*)

Pensei poder descansar
de tantas fainas inúteis,
mas como o azar é infinito
pra todo jovem artista,
estava lá perto do açude
atocaiado um maluco.

"Alto lá", me diz o tipo:
"Não pisais um passo a mais,
que aqui vive com seu pai,

o motivo dos meus ais".
Eram versos nesse estilo
e me pus a corrigi-lo:

"Fazes coplas como pipas,
papagaios flutuantes!
Tuas rimas são pandorgas
que violentam a abóbada
dos cavaleiros andantes
e das mais puras paródias!"

Daí que veio a peleia.
Só que eu, tão mal postado,
como ia me defender?
O outro tinha um machado,
me jogou logo pro lado
e dum golpe, sem tremer...

O resto vocês conhecem.
Devo minha cabeça ao Paco
que me vingou lá do louco.
E agradeço a Esmeralda,
que me tirou do buraco
apesar de eu ser só um corpo.

O público bateu umas palmas chochas.

— Nhé — comentou o justiceiro — Esperávamos algo pior.

Ideralda, por sua vez, agradeceu pelo poeta a ter salvado daquele doido que, ela não sabia, ficava espionando a casa dela. Devia ser um pretendente, daqueles que o Ardelino tratava de espantar. Só que, nesse caso, quem o espantou foi esse violeiro... Que, parando pra pensar, o que ele tinha ido fazer no açude da casa dela de madrugada? Era também um pretendente? Ideralda sentiu um desgosto ao se ver concordando com o pai: esses violeiros, olha, devem ser tudo um bando de traste. Senão, como explicar o fato de ele errar o nome dela? Depois de tudo que ela tinha feito por ele? Esmeralda é a mãe! (Não a dela, que, *in memoriam*, se chamava Ilona, era uma querida).

— Ah, isso do nome eu mudei de propósito — desconversou Antônio, quando Ideralda reclamou — Coloquei Esmeralda pra fins de métrica e rima. E pra não difamar tua nobre pessoa, sem o teu consentimento. Não me levem tão a sério, pessoal. Nem pro lado pessoal.

Em seguida, espremendo os lábios, o poeta confessou que, na verdade, não tinha vivido aquelas façanhas todas. A decapitação sim, claro, mas aquela aventura de vir a pé do interior, de apanhar de relho na estância... Era só pra dar uma verossimilhança pra obra.

— Acontece que eu sou um bucólico. Um boêmio rural. Passo as noites perambulando pelas matas e campos em busca de inspirações campesinas. Mas de origem eu sou ali do centro, meu pai é o...

E mencionou um sobrenome que fez o Paco ter ganas de retomar a carreira de bandoleiro.

COLEÇÃO NARRATIVAS
PORTO-ALEGRENSES

1. NA FEIRA, ÀS QUATRO DA TARDE
Luís Augusto Fischer

2. MIL MANHÃS SEMELHANTES
Marcelo Martins Silva

3. CEFALÉIA CERVICOGÊNICA
Caue Fonseca

4. JONAS PASTELEIRO
Rafael Escobar

5. A VIDA E A VIDA DE ÁUREA
Claudia Tajes

6. INFERNINHOS
Tiago Maria

7. DUAS VANUSAS
Nathallia Protazio

8. ELLA
Jane Souza

9. A LENDA DO CORPO E DA CABEÇA
Paulo Damin

10. PÁSSAROS DA CIDADE
Júlia Dantas

Sumário

A LENDA DO CORPO E DA CABEÇA

O bandoleiro Paco	11
Um corpo sem cabeça	17
Uma cabeça sem corpo	21
Ideralda pesquisadora	27
Tudo a ver com o bandoleiro Paco	33
O Guaíba conta um causo	39
Operação de salvamento	47
A morte do bandoleiro	57
Encontro no Guaíba	63
Reunião	69

Matinal

(parêntese)

Este livro foi composto com fonte tipográfica Cardo 11pt
e impresso em Porto Alegre sob papel pólen bold 90g/m²
pela gráfica PrintStore para a coleção Narrativas
Porto-alegrenses da Editora Coragem em parceria com
o Grupo Matinal Jornalismo, na ocasião dos cinco anos
da Revista Parêntese.

Para pedidos telegráficos deste livro, basta indicar o código
POA009, antepondo a este número a quantidade desejada.
Para pedir um exemplar, é suficiente telegrafar assim:

Narrativas Porto-alegrenses – 1POA009.